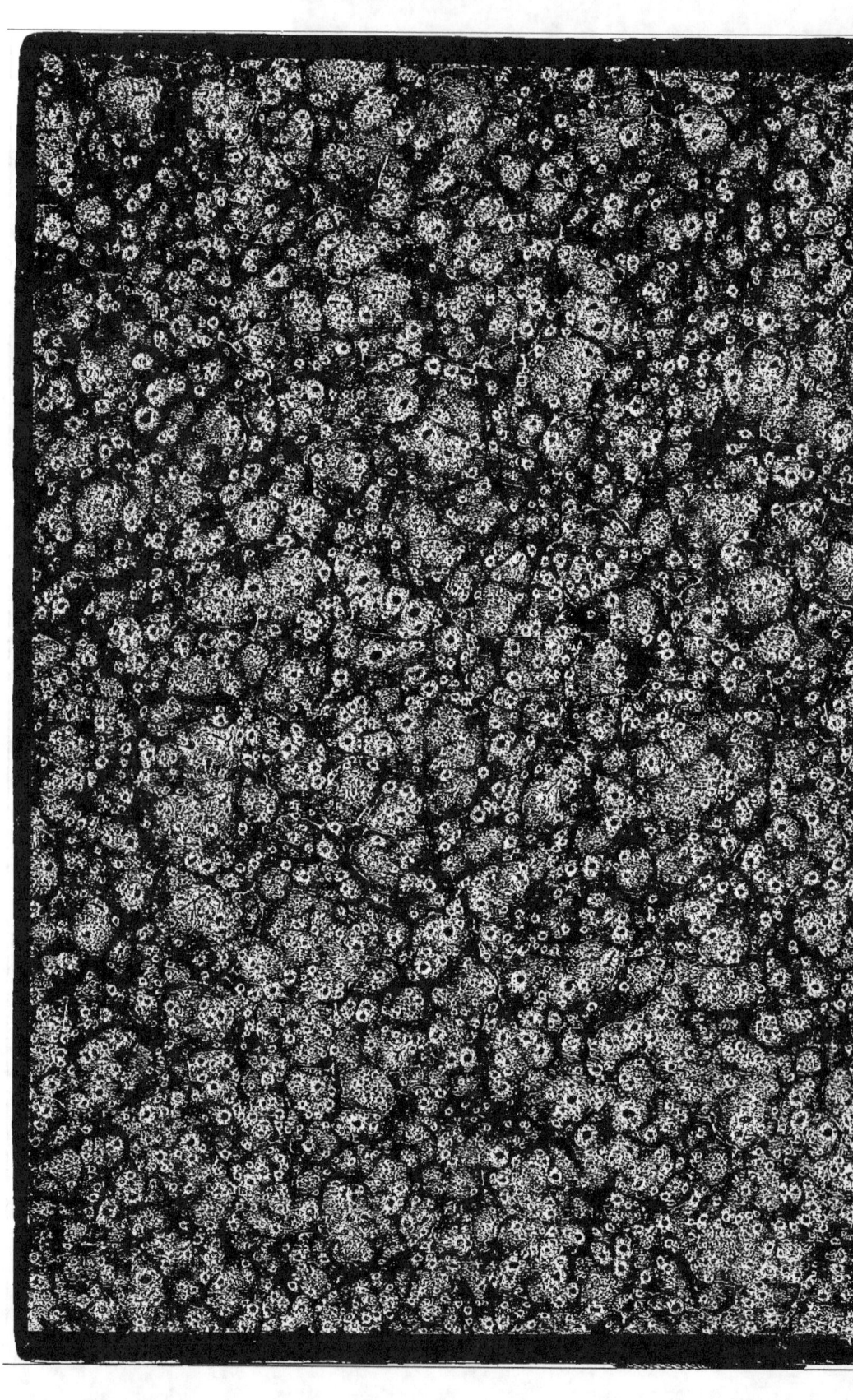

Xavier de Maistre

Les 3 plaquettes formant ce recueil sont rarissimes. Elles ont été rééditées en 1874, à Chambéry, et publiées par Jules Philippe, secrétaire de la Sté florimontane d'Annecy, avec des commentaires.

Cette réimpression de 1874 est également fort rare.

Les 2 premières plaquettes sont les débuts littéraires de Xavier de Maistre. Il avait 20 ans et était alors volontaire au Régiment de la Garde Sarde, en permission à Chambéry.

La "Lettre de l'Hermite du Nivolet" a été écrite par un religieux du nom de Domergue (juillet tome 11 - page 189)

Xavier de Maistre y répond sous le "Relation de l'Expérience

Les bibliographes aéronautiques, les catalogues de grandes ventes, ne citent que la réimpression de ces brochures (Brassaudier - Boffito - Lietman)

Seul Lagg, en 1936, a catalogué sous le N°97, deux des 3 brochures : "Lettre de M. de S." et "Lettre de l'Hermite" - £ 21.

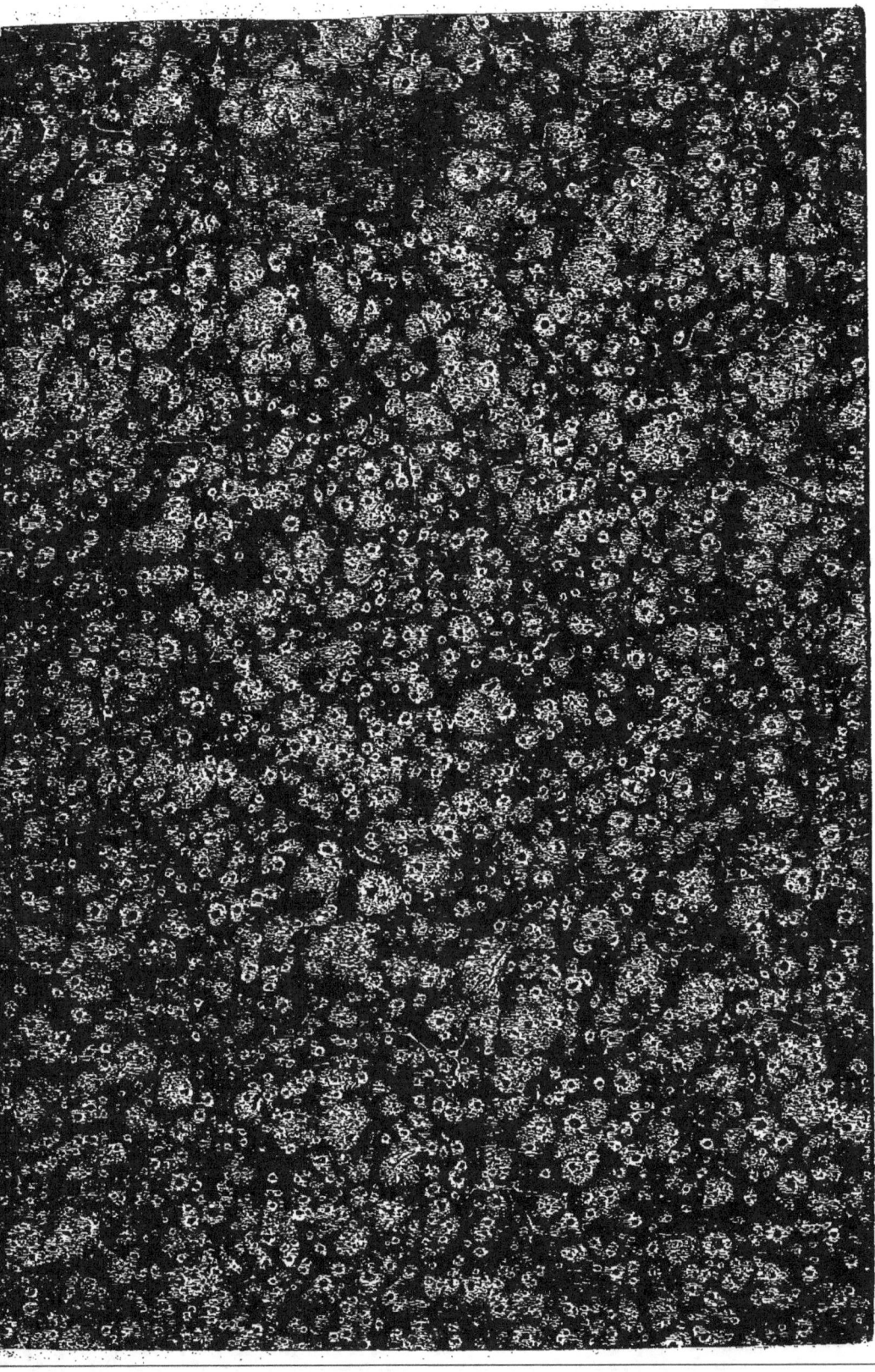

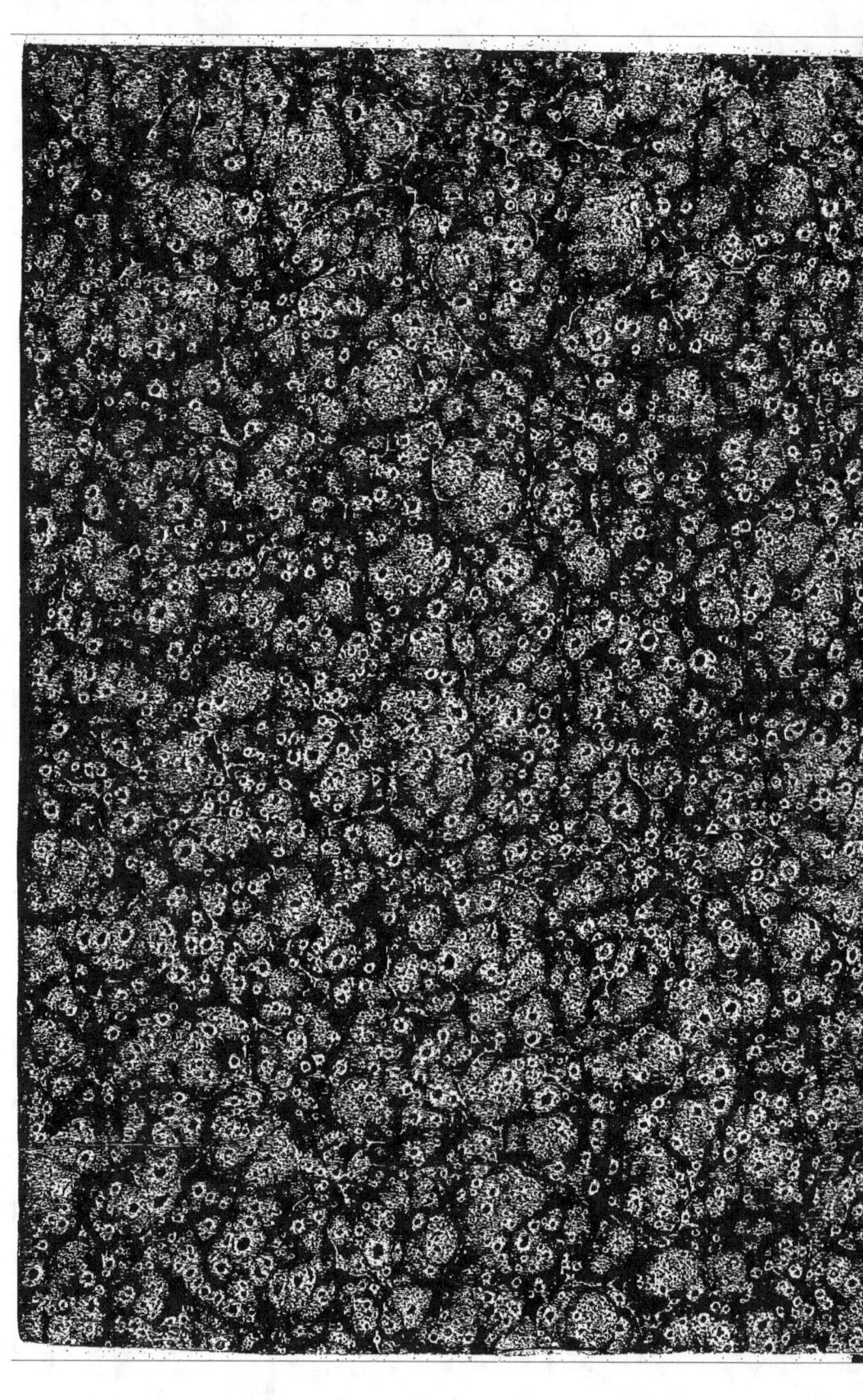

Dessiné d'après nature par Saint-Germain.   B.N   Gravé par Cyprien Jacquemin.

XAVIER DE MAISTRE.

Paris. Imp. Bertauls, Rue Dauphine, 41.

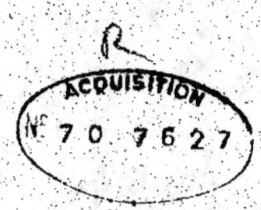

PROSPECTUS

DE

L'EXPERIENCE AEROSTATIQUE

DE CHAMBERY,

Publié au nom des premiers Souscripteurs.

Volendosene andar per l'aria a volo
Aveasi a far quanto potea più leve.
ARIOSTO. 23, 15.

CHAMBERY,

Chez F. PUTHOD, Libraire-Relieur, Rue Saint-Dominique.

Avec Permission. 1784.

Rés. p. V
718

(1)

PROSPECTUS

De l'expérience aéroſtatique de Chambery.

CE fut une belle époque pour l'eſprit humain que celle où les papiers publics nous dirent, *l'homme peut enfin s'élever & ſe ſoutenir dans les airs,,* dans ce premier moment où l'étonnement & l'admiration ne nous laiſſoient pas même aſſez de ſang-froid pour entrevoir des objections, toutes les têtes fermenterent: On ne vît que *Ballons*; on ne parla que *Ballons* : depuis le Phyſicien en titre juſqu'au dernier artiſan, tout le monde voulut lancer le ſien : les enfans même apprirent à prononcer, *Aéroſtat, Gaz, Baudruche, &c.* & tandis que la rénommée publioit en Europe chaque nouvel eſſai aéroſtatique, une nation aimable idolâtre de tout ce qui lui appartient, & qui ne s'informe pas avant de décerner ſes Apothéoſes, s'il y aura des incrédules chez les nations voiſines, prodiguoit aux inventeurs tout ce que la réconnoiſſance publique exaltée par l'admiration peut inventer de plus flateur. Diſtinctions perſonnelles; éloges de toute eſpece, Buſtes, Médailles, Inſcriptions, &c; elle n'oublioit rien pour les raſſaſier de gloire & porter aux générations les plus éloignées l'hiſtoire de cette découverte & le nom de ſes Auteurs.

Il eſt vrai qu'après les premiers accès de cette fiévre aéroftatique la voix aigre de la critique s'eft fait entendre au milieu des clameurs de l'admiration : mais fi l'enthoufiafme de nos voifins a pû faire fourire de tems-en-tems le Philofo_ phe de fang froid, que faut-il penfer de cette efpece de dédain avec lequel certaines gens ont accueilli cette découverte? Ou nous nous trompons fort, ou il y a bien moins de philofo_ phie dans la conduite des critiques que dans celle des en_ thoufiaftes.

Rendons justice aux premiers Spectateurs de ces brillantes expériences : jamais peut-être l'enthoufiafme ne fut plus par_ donnable ; la Machine aéroftatique nous femble à tous égards digne des honneurs du fanatifme, & peut-être n'eft_ il pas au pouvoir de l'homme de l'envifager froidement. Il y a, dans cette expérience, indépendamment de toute idée d'utilité, quelque chofe d'impofant qui fubjugue les fens & commande l'admiration. *L'art de nàviger*, ou même *de s'é-lever* dans les airs ne paffoit plus de nos jours que pour une chimere deftinée, comme le mouvement perpetuel, à l'a_ mufement de quelques cervaux creux : Rien ne paroif_ fant plus vifiblement au deffus des forces humaines ; la ten_ tative feule jetoit fur les téméraires un vernis de ridicule ; & l'opinion publique déterminée par le fort de tous les *Icares* paffés, croyoit leur faire honneur en les plaçant un peu au deffus des infenfés.

Et voilà que tout-à-coup, contre l'attente univerfelle ; dans le fond d'une province, & fans refpect pour les cal_ culs de tant de grands hommes qui démontroient la folie de l'entreprife par *a* moins *x*, MM DE MONTGOLFIER s'empa_ rent de la découverte, & font pâlir l'envie avec leur toile & leur fumée.

Qu'on se transporte par la pensée au Château de la *Muette*, dans ce moment où deux hommes intrépides (que l'injuste renommée ne place peut-être pas assez au dessus de leurs successeurs), disoient pour la premiere fois „ *coupez les cordes!* „ Et les premiers de leur espece, suspendus à une frêle machine, planoient sur les têtes de cent mille specta- teurs palpitans --- on pardonnera tout aux premiers élans de l'admiration.

Grand Philosophe! Dont l'œil tout-à-la-fois perçant & sévére voit toute les foiblesses humaines & n'en pardonne aucune, daignez ne plus froncer cet auguste sourcil à l'as- pect seul d'un *Ballon* : songez quelquefois combien vous feriez porté à pardonner l'enthousiasme public si vous en étiez l'objet, & souvenez-vous que l'orgueil national est comme l'amour paternel : il faut savoir leur pardonner quelques enfantillages.

Mais à quoi servent les *Ballons* ? --- Ecoutez ; illustres criti- ques! C'est parceque nous ne le savons pas que nous faisons des Ballons pour l'apprendre. Contemporains des premiers globes électriques vous auriez sans doute conseillé de les bri- fer, comme vous voudriez maintenant brûler nos *Ballons* : car cette électricité qui nous a conduits aux *Paratonnerres* & aux belles expériences de M. M. *Cavallo*, *le Dru*, *Quin- quet*, *Berthollon*, &c. ; cette électricité qui va bientôt se lier à d'autres phénomenes pour révéler peut-être les plus grands secrets de la nature, ne fut long-tems qu'une mer- veille stérile. En général, toute découverte qui apprend à l'homme des faits dont il ne se doutoit pas, ou qui l'inves- tit de forces nouvelles, doit être accueillie avec transport

parce qu'avec ces forces ou ces connoiſſances, il peut voya-
ger à travers une région inconnue aux générations paſſées,
& que c'eſt pour lui le comble de l'imprudence & même
du ridicule de dire hardiment " *je ne veux point viſiter
ce pays ; je n'ai rien à y voir* " ſans ſavoir encore ce qu'il
peut y chercher, & bien moins ce qu'il peut y trouver ſans le
chercher.

Ces réflexions nous ont déterminés à former une ſouſ-
cription deſtinée à procurer au public une expérience aéroſ-
ratique. Le *Ballon* que nous faiſons conſtruire & auquel nous
avons cru pour de bonnes raiſons devoir donner une for-
me parfaitement ſphérique, portera trois perſonnes : ſon
diamettre ſera de 55 pieds : il contiendra par conſéquent
87143 pieds cubes d'air raréſié, & déplacera un poids de
7625 liv. d'air athmoſphérique (en négligeant des fractions
inſenſibles.) Nous ne diſons rien de la force avec laquelle
le *Ballon* s'élevera, attendu que nos idées ſur le poids to-
tal, dont nous le changerons ne ſont pas encore bien ar-
rêtées : Mais cette force (abſtraction faite du poids) étant
de 3812 liv. on ſent aſſez que nous ſommes à l'aiſe pour
toutes nos diſpoſitions.

La Machine ſera faite & chargée ſuivant les principes
des Inventeurs ; L'Hémiſphere ſupérieur ſera couvert d'un
filet ou réſeau fixé ſeulement au Pole du Ballon, & dont toutes les mailles viendront ſe nouer autour d'un cordage ſolide,
qui ſervira de *Zone* ou d'*Equateur* ; l'expérience ayant mon-
tré que cette partie ne devoit point être formée en Bois, &
qu'en général il falloit éviter de faire entrer des matiéres ſoli-
des dans la conſtruction des *Ballons*, dont la perfection con-

fiste furtout à pouvoir obéir librement à la preffion du fluide qui les enleve. D'autres cordages fixés à la *Zone* par une de leurs extrêmités viendront faifir de l'autre la Gallerie d'ofier qui fera encor foutenue par le prolongement des *nervures* du Ballon, efpece de cordes noyées dans les coutures des fufeaux, & qui rampent verticalement fur la furface de la machine comme les Méridiens d'un globe.

Notre *Aéroftat*, autant que nous en pouvons juger dans ce moment, partira du 18 au 20 du courant, à moins que nous ne foyons contrariés par le tems dont la bifarrerie actuelle n'a rien d'égal : il s'élevera du milieu de l'Enclos de *Buiffon-rond*, où nous trouverons toutes les commodités néceffaires, & dont les refpectables Poffeffeurs fe font prêtés à nos vues avec cette politeffe qui regarde comme un bienfait, l'occafion qu'on lui fournit de rendre un fervice.

Nous croirions inutile d'entrer dans de plus grands détails fur la partie méchanique de notre expérience, dont le public peut s'inftruire par fes yeux : ce que nous pouvons affurer en général c'eft que l'attention fcrupuleufe qu'on apporte à toutes les parties de la conftruction, le zèle des perfonnes qui furveillent les ouvrages, & l'excellente qualité des matériaux doivent raffurer les efprits les plus timides. Ainfi nous efpérons que notre entreprife ne fera point traverfée ou rendue défagréable par de vaines terreurs, qui ne peuvent tenir devant le plus leger examen.

Il nous femble que tout Amateur & même tout bon Citoyen doit s'intéreffer à l'exécution de cette belle expérience : au lieu d'envifager froidement ou de rabaiffer une découverte intéreffante ; il eft bien plus digne de vrais Philofophes d'en répéter le procédé ; de l'examiner dans tous les fens , & de fe rendre, pour ainfi dire, *les airs familiers.*

On demande tous les jours fi l'on parviendra à diriger les Ballons? Sans doute on y parviendra d'une maniere plus ou moins parfaite ; &, fuivant toutes les probabilités, le problême fera réfolu par quelqu'un qui n'aura jamais dit ,,*je le réfoudrai* ,, mais fera-ce donc en fpéculant devant nos pupitres que nous parviendrons à perfectionner l'ufage des Ballons? Qu'il nous foit permis d'en douter : honneur à la théorie! Mais quand elle ne s'appuye pas fur l'expérience, elle eft fujette à faire d'étranges chutes ; & fi l'on doit fur tout s'en défier, c'eft dans un genre où l'homme n'a jamais pu exercer fes forces; car il n'a point encore agi *fur l'air*, *en l'air* ; ce n'eft pas que mille favans ne nous démontrent habilement du coin de leur feu tout ce qui eft poffible dans ce genre; tout ce qui ne l'eft pas, tout ce qui doit arriver &c : laiffons-les dire, & faiffons des *Ballons* : l'ufage nous apprendra des chofes que les plus profondes médita-tions ne nous auroient jamais révélées. Il faut abfolument que nous nous accoutumions à monter dans un *Ballon* comme dans une *Berline* ? & ce que les gens de mauvaife humeur appellent, *répétion inutile*, *dépenfe folle*, *&c.* eft cependant le feul moyen d'arriver au grand But vers le quel tous les yeux font actuellement tournés ; c'eft *en l'air* que les Auteurs de tant de Pamphlets majeftueufement intitulés, *Moyen de diriger les Ballons.* deviendroient *peut-être* mo-deftes, à force de honte : c'eft *en l'air* que nous appren-drons certainement fi l'on peut s'aider de *l'action de l'air*, ce qui eft fort douteux ; ou feulement de *l'action fur l'air* ; ce qui eft très-probable : c'eft *en l'air* que nous appren-drons à nous fervir avantageufement de cette derniere force.

Enfin ; une expérience de fix mille ans nous ayant fuffi-famment convaincus, qu'en fait de découvertes, nous avons bien peu de grace à rendre aux raifonnemens *anté-cédens*, il y a beaucoup de fageffe à fe mettre modeftement *fur le chemin* du hazard.

Quand à nous ; nous n'aurons point la hardieffe de parler de moyens de direction : peut-être avons-nous fait un beau rêve fur ce fujet ; mais, fans rappeller ce que nous avons tenté, nous annonçons feulement qu'on a fait les plus grands efforts pour montrer le parti qu'on peut tirer de la machine de M. M. DE MONTGOLFIER chargée à leur maniere ; pour la maintenir en l'air très-long-tems, & convaincre le public que fi elle a éprouvé jufqu'à préfent quelques fuccès équivoques, il faut l'attribuer uniquement à des vices de conftruction ou à d'autres caufes fur lefquelles il feroit inutile de s'appéfantir.

Nous fongeons même avec une vraie fatisfaction que le *Ballon* de CHAMBERY fera un nouvel hommage à M. M. DE MONTGOLFIER dont la voix publique a pu nous parler tous les jours, tout le jour, fans nous fatiguer un inftant ; parce-qu'il ne lui eft jamais arrivé de les nommer fans nous parler de leur modeftie.

Mais ce qui nous occupe fur toutes chofes, c'eft d'exciter par un fpectacle frappant le goût des fciences, & furtout celui de la Phyfique expérimentale ; c'eft de favorifer, d'ac-célérer dans notre Patrie une certaine fermentation qui fe fait fentir dans tous les efprits, & qui ne nous paroit pas moins intéreffante pour être un peu tardive, car nous ai-mons à croire qu'une virilité retardée annonce un tempé ramert robuste. Nous defirons que tout jeune-homme, en voyant cette maffe impofante fe déployer pompeufement, & s'élever dans les airs, fe dife à lui-même, qu'il peut prétendre à la même gloire; que la même carriere eft ouverte à fes efforts; qu'il faut bien fe garder de dire „ *tout eft trouvé*, & que l'intelligence, dans fon vol infini, ne rédoute qu'une barriere --- la pareffe.

L'invention des *Ballons* eft encore un beau fujet de méditation & d'encouragement pour les hommes de toutes les claffes & de tous les pays. Que la nature eft admirable dans la diftribution de fes dons! Avec quelle attention cette bonne mere nous avertit de tems à autre qu'elle en déshérite aucun de fes enfans! Quand le génie de la Phyfique voulut enfin apprendre à l'homme qu'il pouvoit devenir le rival des oifeaux, *il n'alla point chez vous*, Meffieurs de LONDRES & de PARIS; mais pour opérer fon prodige, il alla chercher fes prédeftinés; où : --- dans ANNONAY.

Chofe étrange! Si l'on paffe en revue ces grandes inventions; ces procedés admirables des arts qui nous ont foûmis l'univers, on trouve que nous ne devons rien, ou prefque rien aux favans en titre. Réunis le plus fouvent dans les grandes villes; environnés de tous les fecours que l'inftruction, les arts, l'ambition, & furtout les richeffes peuvent prêter au génie, on les voit expliquer, corriger, analifer, perfectionner; mais ils ne favent rien ajouter à la puiffance humaine; & tandis que l'orgueilleufe théorie calcule ou rêve doctement dans les Académies, l'expérience loin des Capitales & de leurs Licées, enfante fes miracles chez l'amateur modefte parfaitement inconnu un inftant avant de devenir immortel.

Il semble que la découverte dont nous parlons est particuliérement faite pour humilier les savans d'Europe. Que leur manquoit-il pour y parvenir ? Rien; car tous nos Physiciens à gros livres connoissoient la principale qualité des *Gaz*; tous voyoient les nues se balancer dans les airs, & la fumée s'élever de leurs foyers; tous avoient pu lire *Borrelli* qui s'exprime sur la Nautique aérienne comme M. M. DE MONTGOLFIER, quand ils rendirent compte de leur procédé (*) il semble même que, dans ces derniers tems, le destin, pour lutiner quelques-uns de ces Messieurs, s'amusoit à mettre la chose si près de leurs yeux qu'ils ne pussent pas la voir; & tandis que pour arriver à la découverte, il leur suffisoit, pour ainsi dire, d'y penser; une main, un peu moins fatale, mais tout aussi infaillible que celle qui effraya le Roi d'Assyrie, écrivit sur les murs de leurs laboratoires " *je t'ai trouvé léger.*

Livrons-nous donc avec confiance à cette Physique expérimentale, la seule vraie, la seule utile: ne négligeons point les calculs, les théories savantes: mais, connoissons aussi le prix d'une certaine pratique *investigatrice*, qui ne passe légérement sur rien; qui *furete* sans cesse dans l'Univers, s'arrête devant les moindres objets; remue, pese, décompose tout ce qu'elle peut appercevoir; &, prenant la raison par la main, tâtonne encore dans les ténebres en attendant la lumiere:

(*) Quelques modernes dit *Borelli* ont pensé que l'homme pourroit mettre son corps en équilibre avec l'air, au moyen d'une *immense vessie*, vuide, *ou pleine d'un fluide très-rare.* --- Il est vrai que ce grand homme s'amuse ensuite à prouver l'impossibilité du premier moyen, & perd de vue le second.

joignons même aux spéculations les procédés des arts, & ne croyons pas déroger en quittant quelquefois une formule d'algebre, pour prendre la lime & le rabot.

C'est envain que nous prétexterions le défaut de secours, l'éloignement des grandes Villes; la nullité des Provinces: ces considérations ne doivent point nous décourager: sans doute les talens semblent naître & s'accumuler dans les Capitales, mais le *talent* n'est fait que pour commenter le *génie*, & le *génie* naît par tout.

Ces réflexions qui pénétrent les Souscripteurs feront sans doute la même impression sur l'esprit de leurs jeunes concitoyens: C'est en leur faveur qu'à la place des recits froids & inanimés des Gazettes, nous voulons leur procurer les mêmes sensations qui ont tant agité nos voisins. Nous nous estimerions heureux si le spectacle pompeux d'une des plus grandes merveilles de la Physique moderne pouvoit, en passant des yeux à l'intelligence, échauffer leur ame, y développer le germe des grandes choses & leur donner une idée vive & pénétrante des jouissances & de la gloire que savent procurer les sciences.

Tels sont les motifs qui nous ont principalement déterminés dans une entreprise qui pourroit paroître au premier coup d'œil quelque chose d'inutile. Eloignés cependant d'un vain charlatanisme, nous ne dissimulerons point qu'en rendant hommage aux sciences, nous comptons pour beaucoup le motif d'agrément. La science est belle, sans doute;

Mais, croyez-nous, le plaisir a son prix!

Considéré seulement du côté du spectacle, quel autre peut être comparé à celui d'un grand *Aérostat* qui s'éleve & vole majestueusement, chargé de plusieurs voyageurs? L'homme est affamé de sensations vives; eh bien! Nous en préparons au public d'un genre inconnu jusqu'à nos jours; & si l'on joint à l'intérêt naturel de la chose, une foule d'agrémens qui en seront la suite & qu'il est aisé de pressentir, on conviendra que le jour de l'expérience devra être écrit au nombre de ceux ou l'art aura su le plus amuser notre existence.

Mais l'idée du spectacle que nous projetons nous conduisant par un penchant invincible à ce qui doit en former le principal ornement, nous ne finirons point sans faire à la plus belle moitié de la Société un hommage particulier de notre expérience. C'est surtout aux Dames que nous consacrons cette entreprise; c'est elle que nous assurons des précautions scrupuleuses que nous avons prises pour que le plaisir de l'expérience ne puisse être acheté par un malheur, pas même par le plus léger inconvénient. Nous pouvons les assurer que l'expérience aérostatique exécutée avec prudence n'entraîne nul danger; qu'elle n'effraie que les yeux, & que quand un *Sylphe* malfaisant viendroit dans les airs renverser le rechaud, le Ballon seroit toujours un Parasol de 55 pieds de diamettre qui nous rameneroit les Voyageurs sains & saufs.

Mais comme il est important de prendre des précautions d'avance contre un excès de sensibilité aussi honorable pour nos Dames qu'il seroit décourageant pour les Navigateurs Aériens, nous les invitons à jeter de tems en tems un coup d'œil sur nos travaux dont la partie la plus essentielle ne sauroit avoir de meilleurs juges. Puisqu'elles savent encore allier aux qualités qui font les délices des cercles toutes celles de la *femme forte*, nous ne leur parlerons point une langue inconnue en les priant de venir admirer la force de notre toile *écrue*; l'égalité & le *mordant* des différens *points de couture*; la rondeur des *ourlets*, & nos immenses fuseaux assemblés à *surgets*. jetant au dehors deux vastes *remplis* qui vont à s'unir pour recevoir & fixer sous une *couture rabattue* des cordes choses souples & robustes, fieres de supporter cette gallerie triomphale, d'ou l'homme perdu dans les nues contemple d'un seul regard tous les êtres dont son génie l'a fait Roi.

Après tant de précautions nous avons droit d'attendre que le voyage Aérien ne causera à nos Dames que cette douce émotion qui peut encore embellir la beauté: ainsi, nous ne voulons absolument ni cris, ni vapeurs, ni évanouissemens: ces signes de terreur, quoique mal fondés, troubleroient trop cruellement de Galans physiciens; & les trois Voyageurs qui ne manqueront point, en quittant la terre, d'avoir encore l'œil sur ce qu'elle possede de plus intéressant, seroient inconsolables si leurs trois lunettes *Achromatiques*, braquées sur l'enclos, venoient à découvrir quelque joli visage en contraction.

Les modernes *Astolphes* armés comme l'ancien, mais pour tout autre usage, d'un bruyant cornet, l'emboucheront en prenant congé des humains pour crier d'une voix ferme & rétentissante "HONNEUR AUX DAMES! „ Mais ils se flattent un peu que cette formule des anciens tournois amenera la douce cérémonie qui terminoit ces brillantes fêtes; & qu'à leur retour sur tetre, on ne leur refusera point *l'accollade*.

Les gens sévéres nous blâmeront-ils d'avoir ainsi perdu

de vue la Physique & ses découvertes, pour comtempler
si long-tems des êtres qui n'ont rien de commun avec les
Ballons que de faire tourner les têtes ? --- Non sans doute ;
& nous craignons même qu'on ne voie dans toute notre
galanterie qu'une politique fine, qui marche à son but par
une voie détournée, en intéressant au succès de ses vues une
des grandes *Puissances* de l'Univers. Au fond, cette *attraction*
en vaut bien une autre ; & dans la noble ambition
qui nous anime, de favoriser le goût des sciences par tous
les moyens possibles, pourquoi ne mettrions-nous pas les
Graces du parti des *Muses ?*

A Chambéry ce 1er. Avril 1784.

De l'Imprimerie D'ANTOINE DUFOUR, Imprimeur
Libraire, Rue Saint-Dominique.

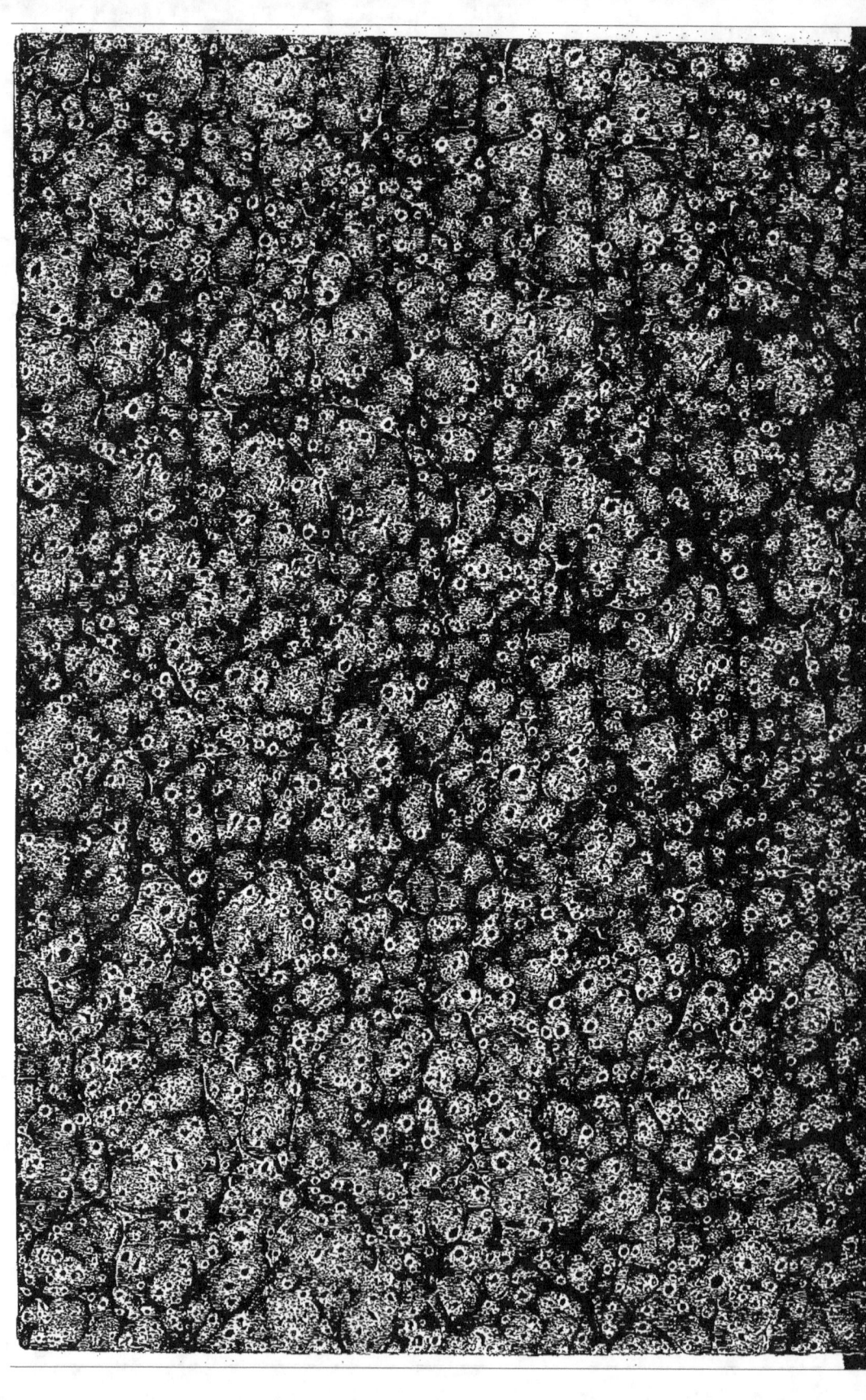

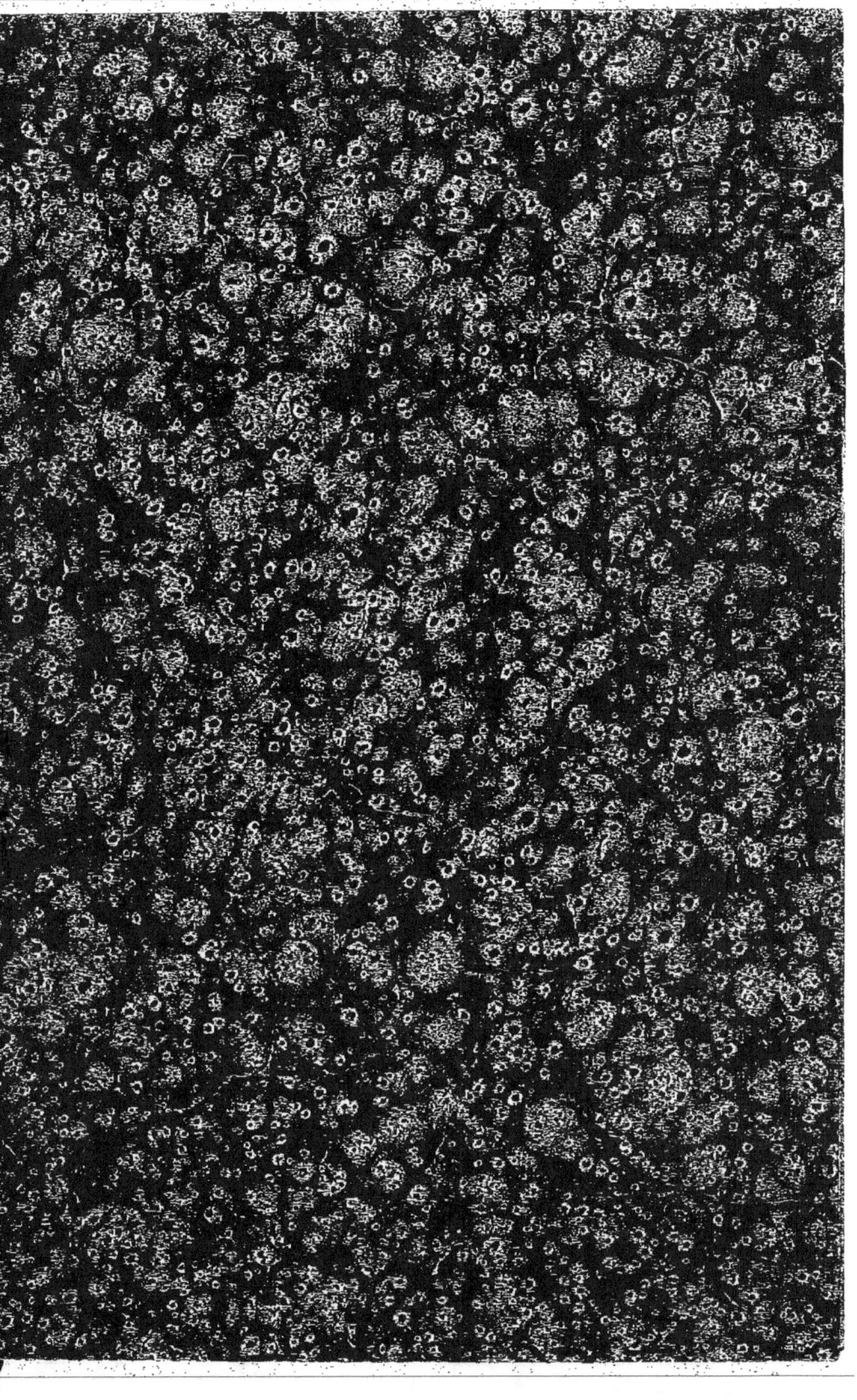